CATALOGUE

DES

TABLEAUX ANCIENS

DES

DIVERSES ÉCOLES

Provenant en partie des Collections :

Comtes Hohenzollern, Baron de Beurnonville, Dufraine
Casimir Périer
Marquis d'Aoust, A. Febvre, G. Rothan, etc.

COMPOSANT LA COLLECTION

DE

M. J. HAUPTMANN

ET DONT LA VENTE AURA LIEU

HOTEL DROUOT, SALLE N° 8

Le Lundi 4 Mai 1891

A DEUX HEURES

Me PAUL CHEVALLIER
COMMISSAIRE-PRISEUR
10, rue de la Grange-Batelière, 10

M. EUGÈNE FÉRAL
EXPERT
54, rue du Faubourg-Montmartre, 54

EXPOSITIONS

PARTICULIÈRE : *Le Samedi 2 Mai 1891, de 1 h. à 5 h. 1/2*
PUBLIQUE : *Le Dimanche 3 Mai 1891, de 1 h. à 5 h. 1/2*

CONDITIONS DE LA VENTE

Elle sera faite au comptant.

Les acquéreurs payeront CINQ POUR CENT en plus des prix d'adjudication.

Paris. — Imprimerie de l'Art. E. Ménard et Cie, 41, rue de la Victoire.

DÉSIGNATION

TABLEAUX

BELLOTTO

(BERNARDO)

1 — *Vue d'une ville d'Italie*

Grande place à l'entrée d'une rue. A droite, un palais avec un campanile ; à gauche, un pâté de maisons dont le rez-de-chaussée est occupé par les magasins d'un drapier ; au-dessus de ces maisons s'élèvent la coupole et le clocher d'une église.

De petites figures, très justes de mouvement, animent cette vue ; au premier plan, un promeneur s'incline avec respect devant un personnage assis dans un carrosse.

Ce tableau et le suivant qui lui sert de pendant sont deux œuvres remarquables de Bellotto.

Toile. Haut., 57 cent.; larg., 89 cent.

BELLOTTO

(BERNARDO)

2 — *Vue d'une ville d'Italie.*

Une colonne surmontée d'une statue de la Justice est érigée au milieu d'une place bordée de palais. A droite, la façade d'une église de jésuites, et une large rue conduisant à un pont cantonné de statues. Nombreuses figures : dames et seigneurs faisant la conversation, mendiants, un marchand de pommes, etc.

Toile. Haut., 57 cent.; larg., 89 cent.

BERCHEM

(KLAAZ)

3 — *Le Passage du gué.*

Deux pâtres et une femme assise sur une mule se disposent à entrer dans la rivière avec un troupeau de vaches, de chèvres et de moutons. De l'autre côté de l'eau, une tour se dresse au sommet de rocs escarpés. Ciel nuageux, au soleil couchant.

Toile. Haut., 46 cent.; larg., 56 cent.

BLOOT

(PIETER DE)

4 — *Le Trio rustique.*

Assis sur un tonneau, une plume de coq à son bonnet, un violoneux a pour vis-à-vis une vieille femme qui joue du flageolet, tandis qu'un troisième amateur, debout et dominant le groupe, chante en tenant un feuillet de papier. A droite, sur le sol, un amas d'ustensiles de cuisine : poteries, bassine, écumoire, balai.

Bois. Haut., 28 cent.; larg., 25 cent.

BOONEN
(ARNOLD)

5 — *Le Chasseur.*

Il est représenté dans l'embrasure d'une fenêtre, nu-tête, en habit jaune et manteau rouge. Des pièces de gibier sont accrochées de chaque côté de la croisée, d'autres sont posées sur l'appui ; un chien flaire un lièvre.

Exécution très soignée. Signé en bas.

Bois. Haut., 25 cent.; larg., 20 cent.

BOONEN
(ARNOLD)

6 — *La Dame hollandaise.*

En robe rose avec parure de perles, une main sur un panier plein de fruits, elle se montre dans la baie d'une fenêtre, regardant une petite perruche sur un perchoir. Un écureuil agrippe des fruits sur l'appui de la croisée, au-dessous de laquelle se voit un bas-relief.

Pendant du précédent.

Bois. Haut., 25 cent.; larg., 20 cent.

BOUCHER
(Attribué à FRANÇOIS)

7 — *Le Petit Berger.*

Enfant vêtu de rouge, jambes nues, adossé contre un chêne et jouant de la cornemuse. Son chien fait le beau et un peu plus loin ses moutons sont disséminés sur la lisière d'un bois.

Toile. Haut., 56 cent.; larg., 45 cent.

BRAUWER (?)

(ADRIAAN)

8 — *Le Gourmand.*

Type de paysan, coiffé d'un feutre gris, mangeant avec voracité une saucisse et prenant un pot de bière posé sur un tonneau.

Bois, forme octogonale. Haut., 11 cent.; larg., 9 cent.

BRECKELENCAMP

(QUIRINUS VAN)

9 — *La Dentellière.*

Une dame en robe noire, bonnet et tablier blancs, est assise et fait de la dentelle, ayant à son côté un jeune garçon debout, le chapeau à la main, et devant elle une fillette assise qui mange une soupe dont un petit chien demande sa part. A droite, un chat dort sur un tabouret. Au fond de la pièce, un fumeur se chauffe devant la cheminée.

Ce tableau, qui a fait partie de la collection Jacob van Zaanen, vendue à La Haye en 1767, est cité dans *l'Art hollandais*, de Henri Havard, p. 145.

Bois. Haut., 35 cent.; larg., 31 cent.

CHALLE

(MICHEL-ANGE)

10 — *Flore et Zéphyre.*

Le Fils d'Éole, planant sur un nuage, enlace la déesse du Printemps et lui passe au cou une guirlande de fleurs apportée par des amours.

Signé.

Bois. 39 cent.; larg., 30 cent.

De Marne

Jeux Villageois

COELENBIER

(JAN)

11 — *Une Ville de Hollande.*

Trois villageois et un cavalier sur un chemin, au bord d'une rivière. Sur l'autre rive, s'étend une ville hollandaise avec son église, à droite. Ciel bleuâtre embrumé de vapeurs grises.

Bois. Haut., 52 cent.; larg., 66 cent.

DE MARNE

(JEAN-LOUIS)

12 — *Jeux villageois.*

Un berger, assis sur le gazon, était occupé à traire une chèvre blanche. Trois jeunes filles se sont approchées à pas de loup. L'une lui tire l'oreille, l'autre saisit son chapeau. La troisième se moque de lui et, frottant ses deux index en croix, lui fait ratisse. Il n'est pas à plaindre. Son chien non plus, car l'animal lampe le lait du baquet renversé dans la bagarre. Un autre chien aboie. A l'ombre de deux chênes immenses, se tiennent deux vaches debout, une vache couchée et deux petits ânes. D'autres bestiaux sont disséminés dans des plaines fertiles qui s'allongent jusqu'au pied de coteaux azurés.

Importante composition, de la meilleure facture de l'artiste.

Bois. Haut., 44 cent.; larg., 64 cent.

DUSART

(CORNEILLE)

13 — *La Collation sous la tonnelle.*

Un joyeux gaillard arrive sous la tonnelle, tenant une blague à tabac et brandissant sa pipe. Il vient rejoindre sa compagne, une grosse luronne, assise sur un banc, la guimpe chiffonnée, fort occupée en ce moment, le corps jeté en arrière, à vider son verre jusqu'à la dernière goutte. Une gaufre sur une nappe, une canette et un réchaud sont posés sur la table. Un chien est assis au-dessous. On aperçoit au fond de la cour deux buveurs attablés et l'aubergiste qui leur verse à boire.

Bois. Haut., 39 cent.; larg., 31 cent.

DUSART

(Attribué à CORNEILLE)

14 — *Le Déjeuner frugal.*

Un villageois est attablé contre le mur de son habitation, au-dessous d'une fenêtre à petites vitres serties de plomb. Du pain noir, une canette de bière, un hareng sur une assiette grossière, sont posés sur la table. Un chien quémande un relief de ce maigre festin.

Bois. Haut., 33 cent.; larg., 24 cent.

EVERDINGEN

(ALDERT VAN)

15 — *Site norvégien.*

Un torrent se jette en nappes écumeuses contre les rochers du premier plan. Vers la droite, des baraques en planches sur la lisière d'un bois de sapins. Quelques moutons paissent dans un terrain verdoyant qui se trouve à gauche. Au fond, un rocher escarpé se détache sur le ciel.

Toile. Haut., 70 cent.; larg., 55 cent.

(*Collection G. Rothan.*)

GOYEN

(JAN VAN)

16 — *Les Patineurs.*

Environ quinze figurines sur un canal gelé. Au second plan, une chaumière, et, dans le lointain, le clocher d'une église.

Bois, forme circulaire. Diam., 12 cent.

GOYEN

(JAN VAN)

17 — *Paysage et figures.*

Groupes de villageois et cavaliers sur un chemin sinueux, dans une campagne boisée, avec maison construite sur une éminence, au second plan.

Deux charmants petits tableaux de la première manière du maître, signés et datés 1625.

Bois. Diam., 12 cent.

GOYEN
(JAN VAN)

18 — *Bords de rivière.*

Chaumières sur une rive boisée qui fuit à perte de vue vers la droite. Sur un chemin ensoleillé, trois paysans sont arrêtés auprès d'un homme qui pêche à la ligne. Un pêcheur, dans son canot, s'éloigne du bord pour aller poser ses nasses.

Tableau de la première manière du maître.

Bois. Haut., 51 cent.; larg., 93 cent.

GRIMOUX

19 — *La Dame au manchon.*

Une aigrette de pierreries et un nœud écarlate fixés dans les cheveux, la tête sous une capeline noire bordée d'une dentelle ; elle est enveloppée d'un manteau de fourrure et a les mains cachées dans son manchon.

Figure à mi-corps, grandeur nature.

Toile. Haut., 60 cent.; larg., 50 cent.

GUARDI
(FRANCESCO)

20 — *La Piazzetta, à Venise.*

La Loggetta de Sansovino et, au-dessus, la base du Campanile, puis la façade de la bibliothèque et, enfin, au second plan, la colonne de Saint-Théodore au pied de laquelle la foule entoure un prédicateur.

Sur la place, des bourgeois, des magistrats en promenade, des marchands de fruits.

Beau tableau de l'artiste.

Toile. Haut., 61 cent.; larg., 95 cent.

(*Collection A. Febvre.*)

GUARDI

(Attribué à F.)

21 — *La Dogana; Venise.*

La douane de mer et l'église Santa Maria della Salute avec ses deux coupoles et le Campanile. Des gondoles sillonnent le Grand Canal.

Toile. Haut., 21 cent.; larg., 30 cent.

HAKKERT

(JAN)

22 — *La Chasse au cerf.*

Les chasseurs débouchent d'une forêt, à la poursuite du cerf que les chiens viennent de joindre dans une rivière sur laquelle vogue, à droite, une barque de plaisance.

Dans une clairière, à gauche, une dame désarçonnée cherche à maintenir son cheval qui se cabre; on voit, plus loin, des dames dans un carrosse.

Toile. Haut., 67 cent.; larg., 85 cent.

(*Galerie de M. le marquis d'Aoust.*)

HALS

(DIRK)

23 — *Le Festin.*

La table est servie dans le péristyle d'un palais ayant vue sur une avenue bordée de constructions et de grands arbres.

A droite, s'avancent en ligne cinq personnes se tenant par la main : deux dames et trois gentilshommes dont un, le plus près du spectateur, coiffé d'un haut chapeau pointu et habillé de rouge, se carre, le poing sur la hanche.

A gauche, autre groupe de cinq personnages, dont quatre ont déjà pris place à table. Au second plan, on remarque encore plusieurs figures sous une colonnade.

Tout à fait en avant, un chien blanc flaire auprès d'un beau bassin quadrilatéral, décoré de chimères et de guirlandes, où des aiguières sont à rafraichir. Un dogue rouge un os. Un singe est assis sur la traîne d'une dame. Divers instruments de musique sont épars sur le dallage du péristyle.

Œuvre très remarquable de l'artiste. Certaines parties du tableau, l'homme en rouge notamment, sont peintes avec une énergie de brosse qui relève de la solide manière de Franz Hals, le frère de Dirk.

Haut., 72 cent.; larg., 90 cent.

HALS

(Attribué à FRANS)

24 — *Portrait d'homme.*

Personnage à longue chevelure, moustache et barbiche, coiffé d'un feutre à grands bords et vêtu d'un pourpoint brun sur lequel se rabat un col garni de dentelle.

Buste, de trois quarts. Esquisse.

Haut., 52 cent.; larg., 43 cent.

Dirk Hals

HEER

(DE)

25 — *Le Jour du marché.*

Des marchands forains ont installé leurs baraques dans une clairière peu éloignée d'un village dont le clocher se dresse, à gauche, entre les arbres. A droite, des paysans et des cavaliers entourent un ménétrier; au centre, deux chariots sont arrêtés.

Toile. Haut., 74 cent.; larg., 98 cent.

HELST

(BARTOLOMÉ VAN DER)

26 — *Portrait d'un seigneur hollandais.*

En buste, de trois quarts, nu-tête, moustaches retroussées, barbiche en pointe, fraise bouillonnée, vêtement noir.

Petit portrait finement peint.

Cuivre. Haut., 12 cent.; larg., 9 cent.

HOËT

(GÉRARD)

27 — *La Fête de Pomone.*

A l'intérieur d'un temple décoré de statues, vingt-cinq jeunes filles, vêtues à l'antique et portant des corbeilles de fruits, sont groupées au pied d'un escalier et sur la galerie à laquelle il conduit. La déesse est assise sur les marches inférieures, une corbeille sur les genoux.

Agréable composition, d'un pinceau moelleux.

Tableau cité dans le Dictionnaire de Siret.

Vente Dubois, 1785.

Galerie du marquis Du Lau d'Allemans.

Signé en toutes lettres.

Toile. Haut., 45 cent.; larg., 53 cent.

HOOCH

(PIETER DE)

28 — *Intérieur hollandais.*

Dans une pièce dallée de marbre, trois personnes auprès d'une table recouverte d'un tapis d'Orient. Une dame en toilette de satin orangé déchiffre une partition ouverte sur ses genoux. Un homme assis, une jambe croisée sur l'autre, accorde son violon. Un serviteur place sur la table une canette et un verre. Au fond de la pièce, une porte ouverte laisse voir un vestibule donnant sur une cour ensoleillée.

Signé.

Toile. Haut., 55 cent.; larg., 62 cent.

HUYSUM

(JAN VAN)

29 — *Paysage.*

Deux femmes costumées à l'antique, un homme portant une corbeille sur la tête, des moutons au repos, animent les premiers plans d'un paysage complètement boisé. A droite, une fontaine est surmontée d'un vase.

Exécution moelleuse et d'un rendu scrupuleux dans les moindres détails.

Toile. Haut., 44 cent.; larg., 59 cent.

KABELL

(A. VAN DER)

30 — *Divertissements de villageois.*

Sur une route, trois villageois chantent et dansent en se tenant par les mains. Deux enfants, l'un frappant du rommelpot, l'autre sonnant d'une trompe, les accompagnent. Par derrière, montés sur des ânes, une femme frappe un tambour de basque et un homme joue de la guitare.

Bois. Haut., 49 cent.; larg., 60 cent.

KONINCK

(SALOMON)

31 — *Portrait d'une dame hollandaise.*

Femme âgée, représentée à mi-jambes en robe brune et manteau noir, la tête couverte d'une cape richement brodée, ayant sur les genoux une cassette ouverte dans laquelle elle dépose un collier et des pièces d'or. Un beau vase occupe une niche pratiquée dans la muraille.

Bois. Haut., 69 cent.; larg., 59 cent.

LEEUW

(PIERRE VAN DER)

32 — *Pâturage hollandais.*

Une vache debout, deux vaches couchées, quelques moutons et, plus loin, deux chevaux, sur les bords d'un ruisseau. A droite, le pâtre endormi sous les arbres.

Toile. Haut., 54 cent.; larg., 46 cent.

MAES

(NICOLAS)

33 — *Portrait de Heinrich Roos, le peintre d'animaux.*

Presque de face, en buste, imberbe, le visage encadré par les boucles de sa longue chevelure châtain foncé ; il a un col uni, rabattu sur un pourpoint noir.

Signé.

Bois. Haut., 36 cent.; larg., 30 cent.

MAES

(NICOLAS)

34 — *Portrait de Melchior Roos, fils du précédent.*

Jeune homme à chevelure blonde, descendant sur les épaules. Col de linon ; justaucorps gris de fer et manteau de même nuance.

Signé.

Bois. Haut., 36 cent.; larg., 30 cent.

MARIESCHI

(JACOPO)

35 — *Le Grand Canal ; Venise.*

Des gondoles et des chalands voguent sur le Grand Canal qui occupe le devant de la composition. Au second plan, la perspective des maisons et des palais.

Toile. Haut., 40 cent.; larg., 60 cent.

MOLENAER

(JAN MIENSE)

36 — *Les Crêpes.*

Un vieillard et quatre enfants entourent la ménagère, assise devant la cheminée, faisant cuire les crêpes dans la poêle.

Bois. Haut., 38 cent.; larg., 31 cent.

MONI

(LOUIS DE)

37 — *Le Savant à l'étude.*

Vieillard à barbe blanche, en robe de soie noire, assis dans son cabinet, tenant un manuscrit et accoudé sur une table recouverte d'un magnifique tapis d'Orient où sont posés une sphère et plusieurs gros in-folios.

Peinture soignée de l'un des plus fervents sectateurs de Gérard Dow.

Toile. Haut., 69 cent.; larg., 60 cent.

Galerie des princes comtes Hohenzollern-Hechingen.

MYN

(G. VAN DER)

38 — *Vénus.*

La déesse soulève de la main droite les longues tresses de sa chevelure blonde et joue de la main gauche avec les plis d'une grande draperie bleue sur laquelle elle est assise. Le carquois de l'Amour est placé à ses pieds.

Bois. Haut., 36 cent.; larg., 28 cent.

NEEFFS

(PEETER)

39 — *Intérieur d'église.*

La grande nef d'une cathédrale gothique se voit dans toute sa longueur; cette vue est enrichie de nombreuses figurines très spirituellement touchées, dues au pinceau de Sébastien Franck.

Bois. Haut., 46 cent.; larg., 58 cent.

NEER

(AART VAN DER)

40 — *Paysage de Hollande; effet de nuit.*

La lune se dégage des nuages, projetant une faible lueur sur les eaux d'un fleuve qui fuit entre ses rives bordées d'arbres et de maisons. Au loin, une tour se profile sur le ciel.

Au premier plan, deux pêcheurs étendent leur filet sur des pieux fichés au bord de l'eau

Signé, à gauche, du monogramme.

Toile. Haut., 38 cent.; larg., 48 cent.

NETSCHER

(THEODOR)

41 — *Portrait d'une dame de qualité.*

Elle a une robe de soie bleue couverte de broderies d'or et d'argent et tient des deux mains un cordon de perles qui vient de se rompre et s'égrène sur ses genoux. De face, à mi-jambes.

Toile ovale. Haut., 54 cent.; larg., 44 cent.

POEL

EGBERT VAN DER

42 — *La Ménagère.*

Sous un vaste hangar étayé par des poutres, une femme écure un pot d'étain. Sur le sol sont entassés des choux, des bottes de paille, des baquets, des poissons sur un plat, etc., etc.

Petit tableau d'un effet piquant.

Bois. Haut., 24 cent.; larg., 30 cent.

POEL

(EGBERT VAN DER)

43 — *Extérieur de ferme.*

Devant la porte, frappés d'un rayon de soleil, sont amoncelés de nombreux ustensiles, une brouette, une manne d'osier, un baquet, une bassine, des poteries.

Signé à droite, en toutes lettres.

Bois. Haut., 24 cent.; larg., 30 cent.

PYNACKER

(ADAM)

44 — *Paysage agreste; soleil couchant.*

Un chevrier, assis au sommet d'un rocher, garde son troupeau; à droite, deux grands arbres sur les branches desquels sont perchés différents oiseaux. Au loin, une chaîne de montagnes escarpées et bleuâtres.

Toile. Haut., 75 cent.; larg., 64 cent.

Collection de Neville de Goldsmid, de La Haye.

(Vente de M. le baron de Beurnonville, 1881.)

RUBENS

(Attribué à)

45 — *La Sainte Famille.*

L'Enfant Jésus, nu, est assis sur les genoux de la Vierge. D'un geste caressant, il arrondit les bras et appuie la tête sur le sein de sa mère qui le soutient des deux mains avec une tendre sollicitude. Marie est vêtue d'une robe pourpre; une écharpe verte passe sur son bras droit. A droite, saint Joseph tourné de profil.

D'une coloration puissante et harmonieuse, d'un pinceau à la fois souple et ferme, ce tableau est une œuvre tout à fait remarquable et digne à tous égards de sa haute attribution.

Bois. Haut., 96 cent.; larg., 73 cent.

SAFT LEVEN

(CORNILLE)

46 — *Animaux.*

Vache rousse, vache noire et blanche, et deux moutons au pied de rochers percés d'une ouverture en forme d'arcade. A gauche, un torrent.

Toile. Haut., 47 cent ; larg., 67 cent.

SCHALL

47 — *Portrait de jeune femme.*

En ravissante toilette de satin blanc agrémentée de rubans bleus, elle est vue en pied, dans l'allée d'un parc, tenant un arc et une flèche. Un enfant, en costume jaune avec ceinture rose, court à côté d'elle et lui offre des couronnes de fleurs.

Gracieux portraits.

Toile. Haut., 74 cent.; larg., 60 cent.

Rubens

La Sainte Famille

SLINGELANDT

PIETERS VAN

48 — *La Partie de musique.*

Une dame hollandaise tournée de profil, des rubans noirs dans sa chevelure, vêtue d'un corsage bleu, d'une guimpe blanche et d'une jupe rouge, feuillette un album de musique ouvert sur ses genoux, tout en causant avec un jeune homme assis auprès d'elle. Celui-ci est vu de face, tenant un violon.

Cuivre, forme ovale. Haut., 20 cent.; larg., 17 cent.

SPAENDONCK

CORNEILLE VAN

49 — *Fleurs.*

Roses, narcisses, chrysanthèmes, pavots, jacinthes doubles et autres fleurs assemblées en bouquet dans une corbeille d'osier posée sur le sol auprès d'un nid avec des œufs. A côté, un bouvreuil picote des cerises.

Toile. Haut., 68 cent.; larg., 60 cent.

TENIERS

DAVID

50 — *Le Joyeux Buveur.*

Les cheveux s'échappant en désordre d'un bonnet pointu, il rit de bon cœur en soulevant des deux mains un verre de respectable dimension, plein de bière. Figure à mi-corps.

Signé, en haut, du monogramme.

Bois. Haut., 10 cent.; larg., 9 cent.

TENIERS

(DAVID)

51 — *Les Conséquences d'une rixe.*

Rustre à la mine piteuse, le front ceint d'un bandeau de toile, le bras en écharpe. Figure à mi-corps.

Signé, en haut, du monogramme.

Bois. Haut., 10 cent.; larg., 9 cent.

TENIERS PÈRE

(DAVID)

52 — *Danse villageoise.*

Dans la cour d'un cabaret, les paysans dansent en rond, au son de la cornemuse. Le musicien est debout sur un tonneau. A droite, un porc. Nombreuses figures.

Signé du monogramme.

Toile. Haut., 45 cent.; larg., 63 cent.

WELDE

(WILLEM VAN DEN)

53 — *Flottille hollandaise.*

C'est une véritable flottille que cette réunion de bricks, de bateaux de pêche, d'embarcations de toutes sortes, au mouillage sur une mer au calme plat, attendant un souffle de vent pour démarrer. Toutes les voiles ballantes, décroissant jusqu'à l'horizon, s'enlèvent, les unes en clair, les autres en vigueur, sur un ciel grisâtre où planent de beaux nuages aux contours arrondis, éclairés d'une lumière blonde et douce. Au milieu de la composition, un canot, rempli de monde, se dirige vers une jetée de bois, à droite, à l'entrée du port.

Toile. Haut., 43 cent.; larg., 57 cent.

(*Collection Casimir Périer, père.*)

(*Vente Dufraine de Cambray, 1880.*)

W. van den Velde

Flotille Hollandaise

VERONESE

(Attribué à CALIARI, dit PAOLO)

54 — *Les Noces de Cana. (Partie gauche.)*

On ne voit dans ce tableau que le côté gauche de la célèbre composition, celui représentant les nouveaux époux assis à l'extrémité de la table et qui, suivant la tradition, seraient don Alphonse d'Avalos, et Éléonore d'Autriche.

Cadre italien du temps, en bois sculpté et doré.

Toile. Haut.: 74 cent.; larg.: 58 cent.

WERFF

(Le chevalier ADRIAAN VAN DER)

55 — *Portrait du pasteur janséniste Joannes Roos, de Rotterdam.*

Enveloppé d'une ample robe de chambre en soie, il est assis devant une table, une main à l'accoudoir du fauteuil, l'autre sur un livre ouvert sur un pupitre portatif. Sur le mur de la pièce, auprès d'une colonne drapée d'un rideau, on distingue un tableau représentant le Calvaire.

Ce beau portrait, d'un fini précieux, a été gravé par P. van Gunst. Il est signé et daté.

Toile. Haut.: 48 cent.; larg.: 40 cent.

WYNANTS

(JAN)

56 — *Paysage boisé.*

Une musette sur le dos, un bâton à la main, un homme est arrêté auprès d'une femme qui allaite un enfant, sous les arbres, au bord d'un chemin sinueux qui longe un bois. Sur ce chemin, plus loin, un cavalier, puis un colporteur.

Au premier plan, à gauche, un arbre abattu gît sur le sol; à droite, un chêne se dresse majestueux, le tronc enguirlandé de vigne vierge, devant un petit tertre sablonneux que contourne une clôture en planches.

Une éclaircie laisse voir, à gauche, sur un plan reculé, des petites meules espacées dans un terrain, à côté d'un champ de blé non encore fauché.

Bois. Haut., 60 cent.; larg., 84 cent.

WYNANTS ET LINGELBACH

(Attribué à)

57 — *Chasseurs au repos.*

Deux chasseurs, l'un assis à terre, l'autre debout, sont arrêtés avec trois chiens auprès de la porte d'une clôture rustique qui contourne un monticule planté de petits chênes et de saules. D'autres chasseurs, un fauconnier, des chiens, suivent un chemin qui descend du sommet de la colline.

Toile. Haut., 35 cent ; larg., 43 cent.

Wynants

Paysage boisé

WOHLGMUTH

(MICHAEL)

58 — *Jésus devant Pilate.*

Nimbé d'or, les mains liées, le Christ est amené par des soldats bardés de fer et armés de hallebardes, comme les reitres allemands du XVe siècle. A droite, sous un dôme gothique à colonnes en marbres de couleurs, Pilate, vêtu de fourrures et coiffé d'un bonnet orné d'une enseigne, est assis sur un trône à dorsal de velours tissé d'or. Il se lave les mains dans le bassin que soutient un page à toque rouge, tout en versant l'eau de l'aiguière. Un autre page et divers personnages se tiennent debout de l'autre côté du trône.

Intéressante peinture, empreinte de ce style original et un peu farouche qui est la caractéristique des maitres allemands de la Renaissance.

Bois. Haut., 58 cent.; larg., 58 cent.

ÉCOLE ANGLAISE

(XVIIIe siècle.)

59 — *Portrait d'homme.*

Cheveux poudrés, cravate blanche, habit bleu à revers brodés d'or. Buste.

Ovale. Haut., 14 cent.; larg., 11 cent.

ÉCOLE FLAMANDE

(XVIe siècle.)

60 — *Portrait de femme.*

Presque en face, en buste; cornette blanche, fraise godronnée, robe noire. Petit portrait de forme ronde.

Bois. Diam., 10 cent.

ÉCOLE HOLLANDAISE

61 — *La Chaumière sous les arbres.*

Sur la gauche, un petit cours d'eau, bordé de roseaux et de broussailles, coule à l'ombre de grands arbres et passe devant une maisonnette dans la verdure. Devant la porte, une femme accroupie nettoie un baquet.

A droite, une haie vive coupée d'une porte-barrière sert de clôture à une prairie et, dans l'éloignement, un clocher et un moulin se profilent sur la ligne d'horizon. Le ciel est nuageux.

Ce tableau est peint dans la manière de Hobbema et il est signé du nom de cet artiste.

Provient de la galerie de M. le marquis d'Aoust.

Bois. Haut., 60 cent.; larg., 86 cent.

www.ingramcontent.com/pod-product-compliance
Ingram Content Group UK Ltd.
Pitfield, Milton Keynes, MK11 3LW, UK
UKHW021042180726
13838UKWH00004B/1954

9 782329 344577